Les

Nuits de l'Échafaud

4°Z. de Seine
2002

TIRÉ A 5oo EXEMPLAIRES

Tous numérotés.

N°

Paris. — *Alcan-Lévy, imprimeur breveté, 6*1*, rue   Lafayette.*

MAURICE CHARDON

Les

Nuits de l'Échafaud

PARIS

LIBRAIRIE GÉNÉRALE

72, BOULEVARD HAUSSMANN, ET RUE DU HAVRE

1878

A Monsieur Joseph Prudhomme

ONSIEUR *Joseph Prudhomme, si le réalisme de cette étude vous indigne, si la brutalité du langage vous offense, je vous supplie d'avance de me pardonner. Je n'ai jamais pu arriver à faire parler* Alphonse *dans le faubourg comme* Abner *dans* Athalie.

Peut-être direz-vous, dans votre sagesse, qu'il valait mieux laisser Alphonse *tranquille et qu'il était bien facile de ne pas le faire parler du tout. Il est des ignominies que l'on doit taire et des guenilles qu'il ne faut pas remuer. — Ah! monsieur Prudhomme! encore une phrase, je vous y prends. Votre éloquence est incorrigible.*

Mais songez donc. La guillotine est toujours là... sur la

place publique! En plein dix-neuvième siècle, monsieur Prudhomme, le siècle des chemins de fer et de la télégraphie électrique. Et voyez-vous, monsieur Prudhomme, cette guillotine est le plus vilain jour de ma vie.

Je n'ai pas fait œuvre d'imagination, je vous le jure. Résumant dans un récit synthétique tous les épisodes et toutes les impressions de l'échafaud, j'ai dit simplement ce que j'ai vu, et je me suis souvenu en vers de ce que j'ai entendu en prose.

Je vous supplie donc, monsieur Prudhomme, de ne pas me garder rancune, et si le réalisme vous révolte, je vous conseille de ne pas vous en vanter trop haut.

— Le réalisme, c'est la sincérité.

Paris, ce 20 octobre 1878.

Les

Nuits de l'Échafaud

I

Minuit. — Les cabarets joyeux du boulevard
Regorgent. Les garçons sont contents, par hasard.
L'écaillère dans sa niche fait la coquette.
Déjà les gargotiers supputent la recette.
Les cocottes aussi. — Le cocher, le cheval
Ont des airs de copains qui font leur carnaval.
Sur les trottoirs, la foule en délire se presse.
Quel est donc ce gala ? Quelle est cette kermesse ?
— C'est le même refrain, partout les mêmes cris ;
On dirait que d'un mot un peuple s'est compris.

Oui, c'est le même rire écrit sur chaque tête,
Et tout ce monde-là court à la même fête.
Sans fierté, le gommeux riposte au garnement,
Et les lazzis dans l'air volent joyeusement.
Quel désordre public, quel bacchanal immense
A jeté dans la nuit cette foule en démence?
Ce n'est ni le premier de l'an, ni les jours gras.
Une émeute? — La joie éclate, et tous ces bras
Sont sans armes, voyez. Quelle est donc cette fête?

— La fête? Elle est là-bas…, place de la Roquette.

II

Deux heures. — Sur la place étroite, dans un coin
Ignoré de Paris, deux hommes avec soin
Installent lentement la sinistre machine.
Le bourreau très correct, avec sa bonne mine,
Son honnête figure et son grave habit noir,
Surveille la besogne en fumant. Pour le voir,
Pour voir le couperet luisant et la bascule,
Un public connaisseur, d'élite, se bouscule,
— Moi, je suis reporter, j'ai droit au premier rang,
Crie un jeune homme blond. — Non, vous êtes trop grand.
— Vous ne passerez pas. — Un autre se lamente :
— Monsieur, je suis ici depuis onze heures trente.
— J'ai le numéro deux, vous dis-je, et je veux voir.
— Moi, si je suis ici, monsieur, c'est par devoir,
Riposte dignement l'important journaliste.
— Vous êtes reporter, et moi je suis artiste.

— Tout le monde en arrière... allons, crie un agent.
— Voyons, messieurs, encore... — Alors, on rend l'argent,
Hurle un voyou perché sur un arbre. On s'empresse
De répéter le mot du gamin, et la presse
Avec cela fera demain tout un roman.
— Hé ! Gugusse, dit un loustic, sais-tu comment
La maîtresse de Roch se nomme ? — La Roquette.
— Hurrah ! — Bien répondu. — Bravo pour la casquette !
Et la foule applaudit. Bah ! pour passer le temps
Il faut bien rire un peu, n'est-ce pas ?

                            Les montants
De l'échafaud sont bien d'aplomb. Roch examine
Le couteau longuement. — Enfin, la guillotine
Lève vers le ciel noir ses deux grands bras sanglants.
— Comme tous ces apprêts de toilette sont lents!
Le panier est ouvert, la bascule est en place,
Et le valet de Roch essaie une grimace,
Comme un grand premier rôle en répétition.
Tout est bien mis en scène... Allons, attention !...
Et l'horrible couteau, pourvoyeur de la tombe,
Avec un grondement sourd et funèbre tombe.

— Voyons, pas de faiblesse encore, pas de dégoût.
Ce n'est qu'un simple essai pour l'art, un avant-goût.

Le jour perce la nuit. — Plus qu'une heure d'attente.
Dans la ruelle, au loin, la foule frémissante
Grouille, hurle, maudit, menace, se débat.
Pour entrer dans la fête il faut livrer combat.

— Foule des refusés, insultant par envie
Les heureux qui sont près du couteau. — L'eau-de-vie
Passe de main en main, de hoquet en hoquet,
Et partout coule à flots le vin du mastroquet.

Tous les vices honteux, les laideurs inconnues,
Tous les crimes sont là. Les filles soutenues,
Le corps encor meurtri des baisers de l'amant ;
Le galant souteneur, ce joli garnement
Qui, pour prendre les cœurs, lisse, sous sa casquette
En soie, une énorme et gluante rouflaquette ;
La coureuse de bals, qui vient de chez Arban
En fiacre ; le forçat en rupture de ban ;
Et tous les criminels vagabonds que fascine,
Comme un serpent hideux, la rouge guillotine,
Que le gendarme attend, et qui viennent autour
De l'échafaud, par force, en attendant leur tour.

C'est une vaste orgie, une cohue étrange,
Horrible ; la Courtille en émeute ; un mélange
De filles, de cochers, de gueux, de bohémiens,
De rôdeurs de barrière et d'ivres faubouriens,
De loques, de haillons, de sales camisoles
Et de jupons brodés traînés dans les rigoles ;
Un sabbat, une cour des Miracles. On sent
Le bagne à ses côtés soûl de vin et de sang.

— Qui veut un strapontin ? Cent sous ! crie un gavroche.
— Tiens, méchant gringalet, dit une blouse, empoche !
Et l'homme brusquement soufflette le voyou.
Une femme en cheveux s'approche. — Oh ! quel *caillou !*

Crie un drôle. — Tais-toi, mon vieux, c'est la *punaise*
Au *Borgne*, celle qui lui donne de la *braise*
— Eh bien ! on a donc plus le droit de rigoler ?
— Oui, mais on se méfie. Il t'enverrait rouler
A quinze pas, tu sais, avec son coup de tête.
— C'est bon, on va la lui soulever, sa conquête...
— Ah ! gémit une vieille, arrivant du lavoir,
C'est horrible, à présent !... on ne peut plus rien voir...
— Madeleine, *viens t'en*... — Dis donc, elle est bien bonne !
La Madeleine vient voir *faucher la Sorbonne*...
— Regarde-donc *Alphonse* et puis *Gueule-d'Acier*
Qui *se peignent* là-bas avec un cuirassier...
—Des lampions ! des lampions ! des lampions !—les artistes !...
— La toile !...— le souffleur !...— mais non... les machinistes !
Rugit le carrefour. — Il va *licher un coup*...,
A *l'œil* encore, avant qu'on lui coupe le cou.
— Quelle chance ! on va lui chatouiller l'épiderme.
— Le *veinard !* Il n'aura plus à payer son terme.
— Hé ! glapit un vaurien, veux-tu boire, *Charlot ?*
Demande à Roch s'il veut te *rincer le goulot.*

Cependant le jour luit, et le ciel se colore.
Six heures ont sonné lentement. — C'est l'aurore.
Les moineaux, éveillés par la clarté du jour,
Gazouillent leur refrain de jeunesse et d'amour.
— Tout à coup, allumant les vitres des mansardes,
Un rayon de soleil jaillit. — Fixe ! — Les gardes
Se redressent muets, — raides, — le sabre nu !
C'est l'heure du frisson, du vertige inconnu.
Les verroux lourdement grincent. — La porte s'ouvre.
— Un silence de mort.— Et chacun se découvre.

Et chacun frémissant et vaincu par l'horreur,
Le visage livide, entend battre son cœur.
Alors on voit passer, comme en un mauvais rêve,
Un cadavre vivant que le bourreau soulève.
On voit un masque humain, horrible, grimaçant...
Et puis rien. — Un bruit sourd. — Un éclair. — Et le sang
Tombe chaud, clapotant sur la terre fumante.

L'homme est guillotiné. La justice est contente.

III

DANS un boudoir discret, et sous le blanc rideau
De dentelle, une enfant, enlevée au tableau
De quelque Raphaël, blonde et pâle, repose.
— Quelle grâce ! Et quel chaste abandon dans sa pose !
Les bras entrelacés sur son front, souriant
A son jeune bonheur dans un rêve d'enfant,
Elle dort. — Ah ! dormez heureuse et souriante,
Jeune fille ! pendant qu'une mère tremblante
Veille sur vos seize ans comme sur un trésor.
— ... Qu'ai-je vu frissonner dans l'ombre ?... Quelqu'un dort
Auprès d'elle... — Grand Dieu ! sur la couche défaite
Gît un homme... Ah ! méchant rêveur ! pauvre poëte !
Quelle pitié que tous tes songes d'incompris !
Redescends donc du ciel. Nous sommes à Paris.
Cette enfant, cette vierge est une vierge folle.
Regarde. Tu verras là-bas sur la console

Un peu d'or. Tu verras que le galant vainqueur
Qui dort à ses côtés a payé son bonheur.

Le jour gris doucement glisse par la fenêtre.
L'heure sonne. — L'enfant tressaille. — Tout son être
A frémi tout à coup d'un long frémissement.
— Elle se plaint. Le beau sourire d'un moment,
Doux rayon de soleil, s'est enfui de sa lèvre.
— La terreur a marqué sa face, — et dans la fièvre,
Dans le délire affreux d'un cauchemar brûlant,
— Soudain, — le corps en feu, criant, pleurant, râlant,
La sueur sur le front et l'écume à la bouche,
Elle étreint l'homme dans une étreinte farouche.

. . . .
. . . .
. . . .
. . . .

Qu'as-tu donc ? — Ah ! mon cher, j'ai fait un rêve affreux.
J'ai bien peur d'en mourir... tu sais, ce malheureux
Qu'on a guillotiné ce matin... ah ! je pleure...
Il venait avec moi passer sa dernière heure...
Il était dans mes bras... Je l'aimais bien, vois-tu.
Triste, je regardais son grand front abattu,
Et pour le consoler, je lui disais des choses
Bien douces. Je baisais ses grands yeux noirs moroses.
Et je lui souriais. J'avais comme un licou
Attaché mes deux bras à son robuste cou...
Le bourreau, tout à coup, arrivait pour le prendre.
Je pleurais. Je criais. « Oh ! on va vous le rendre, »

Ricanait le bourreau. « Je vous l'apporte ici
« Dans cinq minutes, quand il sera raccourci. »
Mon homme me serrait sur sa forte poitrine.
Hagard, claquant des dents, pour fuir la guillotine,
Il enfonçait sa tête en râlant sous les draps.
Et moi je l'étranglais, folle, dans mes deux bras.
— Et c'était moi... merci de vos rêves stupides.
Alors elle levant ses grands yeux bleus limpides :
— Il ne faut pas, mon cher, faire le dégoûté.
Je me connais un peu, moi, tu sais, en beauté.
Eh bien ! c'est le plus bel homme que dans ma vie
J'ai vu. Puis grand... et fort !... à vous donner envie,
Lorsqu'il levait la main, de vous mettre à genoux.
Ils l'ont guillotiné ! les lâches !... les jaloux !
Un si joli garçon ! On devrait avoir honte.
— Es-tu folle, voyons ? Qu'est-ce que tu me conte ?
Tu le connaissais donc ?

                    Mais elle fièrement :
— Si je le connaissais ! C'est mon premier amant.